ALFAGUARA

ALFAGUARA INFANTIL

EL LARGO VIAJE DE LOS DRAGONES

D.R. © del texto y las ilustraciones: LOLA NÚÑEZ Y ROCÍO ANTÓN, 2005
D.R. © de las ilustraciones: ROSER RIUS, 2005
D.R. © Santillana Ediciones Generales, S.L., 2005

D.R. © de esta edición:
Santillana Ediciones Generales, S.A. de C.V., 2009
Av. Universidad 767, Col. Del Valle
México, 03100, D.F. Teléfono 5420 7530

Alfaguara es un sello editorial del **Grupo Santillana**.
Éstas son sus sedes:

ARGENTINA, BOLIVIA, CHILE, COLOMBIA, COSTA RICA, ECUADOR, EL SALVADOR,
ESPAÑA, ESTADOS UNIDOS, GUATEMALA, MÉXICO, PANAMÁ, PARAGUAY, PERÚ,
PUERTO RICO, REPÚBLICA DOMINICANA, URUGUAY Y VENEZUELA.

Primera edición: febrero de 2009
Segunda reimpresión: marzo de 2011

ISBN: 978-607-11-0112-9

Diseño de la colección: Manuel Estrada

Impreso en México

EL LARGO VIAJE DE LOS DRAGONES

Lola Núñez y Rocío Antón
Ilustraciones de **Roser Rius**

ALFAGUARA
INFANTIL

CUANDO SALÍA LA , LOS

DEL SE DIRIGÍAN A LA .

ALLÍ ESPERABAN A LA ABUELA CANDELA,

QUE LES CONTABA HISTORIAS MARAVILLOSAS.

UNA , LA ABUELA ABRIÓ SU

Y SACÓ DE ÉL UNA LLENA DE .

DESPUÉS, MIRÓ A LOS Y DIJO:

—ESTAS TIENEN UNA LARGA HISTORIA

QUE SUCEDIÓ CUANDO YO IBA A LA 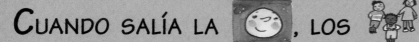.

ENTONCES, LOS  LE PIDIERON:

—¡ABUELA CANDELA, CUÉNTANOS ESE

CUENTO DE CUANDO IBAS A LA !

7

Y LA ABUELA COMENZÓ SU HISTORIA.

HACE MUCHOS, MUCHOS AÑOS, LOS

HABITABAN EN LAS . EN LA

QUE HAY CERCA DE NUESTRO , VIVÍA

UN DRAGÓN QUE EMITÍA ATERRADORES

RUGIDOS, ESPANTABA A LAS

Y LANZABA  POR LA .

LAS DEL  NO SABÍAN

SI EL DRAGÓN ERA FIERO O BONDADOSO,

PERO NO QUERÍAN VIVIR CERCA DE ÉL.

UNA 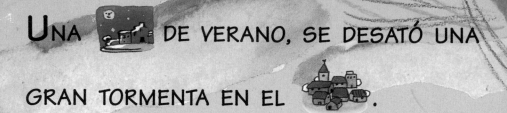 DE VERANO, SE DESATÓ UNA

GRAN TORMENTA EN EL .

EL AULLABA ENTRE LOS ÁRBOLES,

Y LAS CUBRÍAN EL .

PERO NO CAÍA NI UNA SOLA DE LLUVIA.

EL DRAGÓN ESTABA ASUSTADO Y RESOPLABA

LANZANDO CHISPAS SIN PARAR.

—¡GRRRR, QUÉ MIEDO TENGO! –GEMÍA.

DE REPENTE, UN REMOLINO DE

ATRAVESÓ LA DEL DRAGÓN.

A<small>L</small> <small>SENTIR EL ROCE DEL</small> ,

<small>EL DRAGÓN SE ASUSTÓ Y SALIÓ DE LA</small>

<small>LANZANDO</small> <small>POR LA</small> .

U<small>NA CHISPA ALCANZÓ UN</small> .

E<small>N POCO TIEMPO, SE DECLARÓ UN INCENDIO</small>

<small>EN EL</small> <small>Y TODO QUEDÓ REDUCIDO</small>

<small>A</small> .

E<small>L DRAGÓN ESTABA TRISTE PORQUE HABÍA</small>

<small>DESTRUIDO SIN QUERER SU AMADO</small> .

LAS  DEL ESTABAN INDIGNADAS

Y FUERON A LA DISPUESTAS A ECHAR

AL DRAGÓN DE ALLÍ PARA SIEMPRE.

LA LE ORDENÓ:

—¡MÁRCHESE DE ESTE !

¡ES USTED UN PELIGRO!

—LAMENTO HABER QUEMADO EL 🌳

CON MI 🔥 —SE DISCULPÓ EL DRAGÓN.

DESPUÉS, LEVANTÓ EL VUELO Y SE ALEJÓ

TRISTEMENTE DEL 🏘.

EL POBRE ANIMAL EMPEZÓ A RECORRER

EL BUSCANDO OTROS .

TODOS LOS QUE ENCONTRABA

LE CONTABAN LO MISMO:

—LAS NO QUIEREN TENERNOS CERCA.

LOS TRISTES FORMARON UNA GRAN

BANDADA Y JUNTOS VOLARON POR EL ,

BUSCANDO UNA EN LA QUE VIVIR

TRANQUILOS PARA SIEMPRE.

DESPUÉS DE VARIOS AÑOS, LOS

LLEGARON A UNA QUE ESTABA

RODEADA DE . ALLÍ VIVÍA UN ANCIANO

Y SABIO DRAGÓN QUE TENÍA UNA

MISTERIOSA EN EL HOCICO.

—¿QUÉ LES OCURRE? —LES PREGUNTÓ.

LOS HABLARON POR TURNOS:

—NO PODEMOS VIVIR EN NINGÚN .

—LAS NO QUIEREN TENERNOS CERCA.

—NUESTRO CAUSA DESTROZOS.

DESPUÉS DE ESCUCHAR A LOS ,

EL ANCIANO ANUNCIÓ:

—YO PUEDO AYUDARLOS.

ENTONCES, SACÓ UN LLENO DE

Y PUSO UNA A CADA DRAGÓN.

FINALMENTE, ORDENÓ:

—¡LANCEN AHORA!

LOS ABRIERON SUS BOCAS Y DE

ELLAS SALIERON .

—¡OH! —EXCLAMARON LOS A CORO.

A CONTINUACIÓN, EL ANCIANO EXPLICÓ:

—GRACIAS A ESTAS PUEDEN LANZAR

 Y TAMBIÉN PUEDEN HACERSE

INVISIBLES SÓLO CON DESEARLO. ASÍ, VIVIRÁN

TRANQUILOS ENTRE LAS .

Y DICHO ESTO, EL VIEJO ANIMAL

CERRÓ LOS Y DESAPARECIÓ.

LOS REGRESARON A SUS Y

NUNCA MÁS SE DEJARON VER POR LAS .

ÚNICAMENTE, CUANDO LLEGABAN

LAS FIESTAS DE UN , VARIOS

ACUDÍAN PARA ILUMINAR EL CIELO

CON SUS .

25

UNA VEZ, UNA DESCUBRIÓ AL ANCIANO

DRAGÓN LANZANDO EN LA FIESTA

DE SU . EL DRAGÓN ENTREGÓ

A LA PEQUEÑA UNA LLENA DE

Y LE PIDIÓ QUE NO REVELARA SU SECRETO.

LA ABUELA CANDELA TERMINÓ EL CUENTO

Y ABRIÓ LA DE LAS .

A CONTINUACIÓN, FUE COLOCANDO

EN LAS FRENTES DE TODOS LOS .

ELLOS ENTONCES PREGUNTARON:

—ABUELA CANDELA, ¿CONOCISTE TÚ

AL DRAGÓN CUANDO IBAS A LA  ?

LA ABUELA CANDELA NO RESPONDIÓ,

SÓLO SONRIÓ Y GUIÑÓ

UN .

VOCABULARIO

ALCALDESA

ÁRBOL

BOCA

BOLSO

BOSQUE

CAJA

CENIZA

CUEVA

CUEVAS

DRAGONES

ESCUELA

ESTRELLA

ESTRELLAS

FUEGO

FUEGOS
ARTIFICIALES

GOTA

NUBES

HIELO

OJO

LUNA

OJOS

MONTAÑAS

PERSONAS

MUNDO

PLAZA

NIÑA

PUEBLO

NIÑOS

VIENTO

NOCHE

PˇCTOCUENTOS

**Disfruta y aprende a leer poco a poco
con palabras que son imágenes**

DESCUBRIMOS

¡Mira y descubre lo que te rodea!

Este libro se terminó de imprimir en el mes de
marzo de 2011, en Edamsa Impresiones S.A. de C.V.
Av. Hidalgo No. 111, Col. Fracc. San Nicolás Tolentino C.P. 09850,
Del. Iztapalapa, México, D.F.